KB157827

한국 희곡 명작선 84

동피랑

한국 희곡 명작선 84

동피랑

강수성

평민사

상수성

동
피
랑

"바람이 일어난다!… 살아야겠다!"
— 폴 발레리의 詩 '해변의 묘지' 中에서

등장인물

용태 : 20대 초반, 독학으로 화가를 지망하는 청년
주희 : 10대 후반, 여고 3학년생과 대학 신입생
할머니 : 80대 중반, 주희의 할머니
시인 : 60대 초반, 동피랑에 집필실이 있는 시인
손님1(남자) : 30대 초반
손님2(여자) : 20대 후반

때와 곳

동피랑의 한때(가을부터 다음 해 봄까지)

무대

동피랑에 있는 용태의 집. 원래는 부모와 함께 살던 집이었으나
지금은 용태 혼자 거주하면서 가게와 화실로 개조하여 이용하고
있다. 중앙에 탁자와 의자들이 적당히 배치되어 있고 약간 오른
편으로 치우쳐서 안쪽에 간단히 차와 음료를 준비할 수 있는 주
방. 커피를 비롯한 여러 음료들과 가격표가 적힌 메뉴판이 게시
돼 있다. 무대 오른쪽으로 밖으로 통하는 출입문이 있고 출입문
좌우로 기념품 등을 펼쳐 놓은 진열대가 있다. 무대 왼쪽은 용태
가 그림을 그리는 공간(좁지만 화실로 사용). 이젤과 의자가 놓
여있고 벽에 붙여 조그만 책상과 생활에 필요한 소도구 몇 점. 그
안쪽 측면에 이 집 유일의 방으로 통하는 문이 보인다. 벽면은 복
사판 그림 몇 점이 부착돼 있다.

이 외에 무대 좌우 측면의 공간들은 바깥 장면(집 밖 주변의 골
목 등)에서 활용할 수 있다. 그러나 공연 시 극장의 상황(공연 장
소의 규모와 여건 등)에 따라서 전체 무대를 효율적으로 단순화
하여 처리할 수 있는데, 이는 연출의 의도에 맡긴다. 극이 진행되
는 동안 용태가 관객 쪽을 보고 앉아서 그림을 그리기 때문에 객
석에서는 그림이 보이지 않는다.

멀리서 뱃고동 소리가 들려오면서 무대가 밝아지면 집 바깥의 골목을 오가는 사람(관광객)들의 소리가 간헐적으로 들려오고 탁자 앞에 마주 앉아 커피를 마시고 있는 손님1·2. 용태가 그 곁에 서서 이들과 이야기를 나누고 있다.

용태　저는 음식에 대해서 잘 모르지만 봄 도다리 가을 전어라는 말이 있습니다.

손님1　(고개를 끄덕이며) 봄에는 도다리가 제일이고 가을에는 전어가 제일 맛있다는 말이겠군요?

용태　예. 그래서 지금은 전어회가 한창입니다.

손님2　(퍼뜩 생각이 떠오른 듯) 오빠, 여기 오기 전에 여러 자료를 찾다가 도다리에 관한 글을 읽었어. 내가 메모해 왔는데 한번 들어볼래?

손님1　어떤 글…?

손님2　(가방에서 수첩을 꺼내 펴더니) 통영의 어느 수필가가 쓴 작품에 이런 글이 있었어. '봄에 살이 통통하게 오른 도다리와 추위를 뚫고 갓 돋아난 쑥이 만나면 바로 도다리쑥국이 된다. 제철의 왕중왕인 도다리와 새색시처럼 여리면서도 강한 생명력을 지닌 약쑥이 어우러져 상큼한 봄 바다의 향기를 내뿜으니 어찌 그 맛이 일품이 아니 되겠는가.'[1]

손님1　그럼… 오늘은 전어 회를 한 접시 하고 도다리쑥국은 내년 봄에 와서 꼭 먹어야겠군.

손님2　오빠, 내년 봄에 꼭 오는 거다. 알았지?

손님1　　그래, 꼭 온다. (남은 커피를 마시고 일어서며) 전어회 먹으러 가자. 소주 한 잔 곁들이면 금상첨화겠다.

용태　　저 아래 시장으로 가시면 전어회를 잘하는 식당들이 많습니다.

손님2　　커피 잘 마셨습니다.

용태　　즐거운 여행 되십시오.

손님1·2 나가고 용태도 따라 나가면서 이들을 배웅하는데, 밖에서 힘에 겨워 숨을 헐떡이는 소리가 들리더니 할머니 등장. 용태가 할머니의 장바구니를 얼른 받아들고 들어와 입구에 내려놓는다.

할머니　　(의자에 털썩 앉아 숨을 가누며) 후유-, 무슨 사람들이 그리 많이 있(왔)는지… 오늘부터 모레꺼정 시(쉬)는 날이제? 그란께 애지(외지) 사람들이 얼매(마)나 많이 들았는지(들어왔는지) 어물전에는 발 디딜 틈이 없더라 큰께. 김밥집, 꿀빵가게 앞에는 사람들이 줄을 서 있더라. 오늘도 우리 동피랑에 사람들이 많이 오겄다.

용태　　시장에서 전화를 하시지 않고. 혼자서 무거운 걸….

할머니　　네가 바쁜가 싶어서 연락을 안 했다.

용태　　무거운 짐이 있을 때는 시장에서 불러야지요. 그냥 올라오기도 힘찰 낀데….

할머니　　알았다. 물 좀 주라.

용태　　(주방으로 가서 컵에 물을 부어 갖다 준다)

할머니 (물을 마시곤) 고성댁을 만났다.

용태 … 시장에서요?

할머니 네 걱정을 많이 하더라. 사서 쌩고생만 한다꼬… 니그(너의) 아부지가 개(고)기 잡아 묵고는 살아도 네 딧(뒷)바라지는 얼매든지 해줄 수 있다 캄서 부모 말을 안 들은께 애가 많이 씨(쓰)는 모양이더라. 고만 이 집 폴아삐고(팔아버리고) 서울 가서 공부해라. 사람은 나몬 서울로 가라꼬 안 하더나…. 서울로 가야 출세를 하든지 머(뭐)가 되든지 하지 이게(여기) 있어밨(봤)자 팽(평)생 헛방이다. 이 동피랑은 나 겉은 늙은것들이 지키고 있을 낀께….

용태 (탁자 위의 커피잔들을 주방으로 가져가며) 나는 안 갑니다.

할머니 그라지 말고 네도 이참에 주희하고 같이 서울 가서 공부해라. 가수나 혼자 그 넓은 서울 바닥에 보낼라 칸께 나 마음이 영 안 놓인다. 네가 오빠매이로(오빠처럼) 옆에서 주희를 지켜줌서 그림 공부하몬 안 되겠나? 그리 해야 나 속이 편하겄다.

용태 주희도 이제 할머니가 걱정 안 하셔도 얼마든지 제 앞가림 할 만큼 컸습니다. 걱정 마이소.

할머니 하도 세상이 디(뒤)숭숭하고 야박해져 간께 내사 마 안심이 안 댄(된)다.

용태 참, 할머니가 서울 가서 주희 뒷바라지 해 주시면 되겠네요. 할머니, 그렇게 하십시오.

할머니 시답잖은 소리 치아라! 나는 이 동피랑에서 한 발짝도 안 떠난다!

용태   (말에 가락을 넣어서) 저도 안 떠납니다.

할머니   저 봉숫골² 전혁림³인가 하는 영감쟁이가 젊은 놈 한 놈 잘못 질(길) 들이는갑다. 그 영감쟁이도 서울 안 가고 이 토(통)영 바닥에 처박혀서 그림 그린다꼬 평생 가족들 고생만 시킷담서?

용태   (할머니 곁으로 오며) 그래도 만년에 나이 많아서 색채의 마술사란 칭호를 받아서 빛을 보신 분입니다. 두고 보십시오. 나도 전혁림 화백 같은 그런 화가가 될 낍니다. 남 다 가는 서울 안 가고 대학 안 가고도 유명한 화가가 될 낍니다. 사실 그림 공부는 얼마든지 혼자서 할 수 있습니다. 비싼 돈 들이감서 대학 안 가도 됩니다.

할머니   다른 아-(아이)들은 가수나 팔짱 끼고 구경 온다꼬 야단들인데 그림 그린다꼬 소꼽장난 겉은 장사함서 처박히 있은께 나도 보기가 좀 그렇다.

용태   그래도 나는 꿈이 있습니다. 두고 보십시오.

할머니   이 고생 해 감서 와 하필 그림 그리는 환쟁이가 될라 카노? 세상에 할 일이 쌔고 쌨는데….

용태   언젠가 말을 안 했던가요… 그 많은 일들 중에서도 내가 젤 잘할 수 있는 것은 그림 그리는 일이라고요. 그리고 또 재미도 있고 가장 가치 있는 일입니다.

할머니   그림 그리 갖꼬 무슨 희망이 있노? 평생 고생 아이가?

용태   고생 안 하고 되는 일이 없듯이 희망은 제가 만들어야지요. 그런데 할머니는 왜 나한테 그림 받겠다고 했습니까?

할머니　나가 운제(언제) 그림 받겠다 캤노?

용태　(할머니를 유심히 보며) 할머니….

할머니　나가 운제(언제) 그랬노…? (고개를 갸웃하다가 한바탕 웃음을 터 뜨리고 무릎을 치면서) 맞다, 맞다. 나 정신 바(봐)라. 나가 영감 한테 갈 날이 다 됏(됐)는갑다.

무대 암전되었다가 이내 밝아지면 용태와 할머니가 무대 왼쪽 객 석 가까이에 마주 서 있다.

할머니　나, 시장 만나로(러) 갈란다. (하며 발길을 돌리려는데)

용태　(할머니를 붙들며) 할머니, 혼자 이래 봤자 아무 소용없습니 다. 다들 의논이 돌았는데 할머니 생각대로는 안 됩니다. 이제 동피랑은 옛날 동피랑이 아닙니다. 동피랑은 변해야 합니다.

할머니　몬(못) 바꾼다! 나는 이대로가 좋다! 우리 겉은 나(나이) 많 은 사람들이 평생 살아옴서 발걸음이 닦아놓은 골목길, 가다가는 이웃끼리 티격태격 싸(싸워) 쌓아도 그래도 정 붙 이고 살아온 곳인데 이대로 가만 나(놔) 두는 기 속 편하고 좋다.

용태　할머니, 두고 보이소. 계획대로만 되면 이 동피랑이 전국 에서 이름난 명소가 될 낍니다.

할머니　이름나몬 뭐 하노? 남들은 까꼬막(오르막)이라꼬 안 좋다

캐도 영감들 개기 잡아 오몬 마중 가서 같이 이게 올라서 기만 하몬 저기 용화산(미륵산)이 코앞에 다가서고 강구안이 환히 내리다 보인게 맥힌 속이 확 틴(튄)다 큰게. 나 팽생 영감하고 지내던 흔적이 없어질라 카는데 이름나 빴(봤)자 나한테는 아무 소용없다. (발걸음을 옮기며) 나, 시장한테 간다.

용태   (소리를 높여) 할머니!

할머니   이럼아(이 애)가 와 소리를 질러 쌓노?

용태   저요… 이 동피랑에서 평생 그림 그리면서 살기로 했습니다. 그림 그리면서 동피랑을 아름답게 가꿔 나가고 싶습니다. 그러니까 주희 할머니도 괜한 고집 내세우지 말고 가만 지켜만 봐 주십시오.

이때, 용태 부모의 목소리가 들려온다.

아버지   (소리) 집 팔 낀게 쓸데없는 소리 치우고 네는 대학 가서 공부나 해라!

용태   아버지. 저는 대학 안 간다고 했잖습니까.

아버지   (소리) 뭐라 카노? 환쟁이 공부는 때리 치아라! 세상에 할 일이 천지 빼까린데(많고 많은데) 하필 돈도 몬 버는 고생길로 들어설라 쿠노? 집 판다!

용태   못 팝니다! 나는 이 집에서 평생 살기로 작정했습니다. 내가 하고 싶은 일 하면서 동피랑을 아름다운 마을로 가꿔 나가고 싶습니다. 대학 공부 시키는 셈 치고 이 집은 나한 테 맡겨 주이소.

어머니   (소리) 용태야. 니그 아부지 말 들어라, 제발….

용태   나는 동피랑을 절대로 안 떠납니다. 내가 하고 싶은 일에 딱 들어맞는 곳이란 말입니다.

할머니   (핀잔하듯) 네도 제발 니그 아부지 어무이 말 들어라. 어른 말 늘으본 자다가도 떡이 생긴다 안 구나.

용태   주희 할머니도 두고 보십시오. 이 동피랑이 하루가 다르 게 새롭게 변해가는 모습을 보면 괜한 반대를 했다는 것 을 알게 될 낍니다. (할머니의 두 손을 잡으며) 할머니. 제가 그 림 정성 들여 그려서 제일 먼저 할머니한테 드릴게요. 할 아버지와 함께 사셨던 추억이 담긴 멋진 그림을 선물하고 할머니 집 담벽에도 그려 드릴게요.

할머니   네가 나를 꼬우는(꾀는) 기가?

용태   주희 할머니. 이때까지 선물… 별로 받아본 적이 없지요?

할머니   (손가락의 반지를 들어 보이며) 영감한테서 받은 이 반지가 있 다, 와?

용태   할머니 평생에 그림 선물을 받았다, 이거 얼마나 좋습니 까? 할머니 마음을 그림 속에 담뿍 담아서 그려 드릴게요.

급히 암전. 곧 밝아지면 용태와 할머니가 종전 위치에서 이야기 를 주고받는다.

할머니 네가 몬제(먼저) 그림 준다 안 캤나. 그래 놓고 사람을 덮어 씨울라(씌우려고) 카노? 빨리 약속 지키라! (화실로 가서 이젤 앞에 선다) 안즉(아직) 하나도 안 그렸네….

용태 어떻게 그려야 할지 생각 중입니다.

할머니 생각을 그리 오래 하나? 고만 퍼뜩 그리삐지(그려버리지) 매 (며)칠로 뜸을 들이고 있노? 오데(어디), 상 받을라꼬 하는 것도 아인데….

용태 할머니 마음에 들어야 될 거 아닙니까?

할머니 안 그리 놓고 나 마음에 드는지 우찌(어찌) 알 끼고? 고만 퍼뜩 그리라.

용태 그렇게 재촉하면 좋은 그림 못 그립니다.

할머니 하기사(하기야) 아-가 열 달 만에 나오지 재촉한다꼬 다섯 달 여섯 달 만에 나오는 거는 아니제. 그래 천천히 그리라.

용태 나한테는 할머니 마음에 들게 하는 것이 상 받는 것보다 더 어렵습니다.

할머니 (고개를 끄덕이며) 알겠다, 알겠다.

이때 시인이 밖에서 들어온다. 잠바 차림에 베레모를 썼다.

시인 안녕하십니까?

할머니 (시인에게 다가가며 반갑게) 하이고, 시인 양반.

시인 그동안 잘 계셨습니까?

용태 (인사) 선생님, 안녕하세요?

할머니 그래, 서울사람들 모다 잘 계십디까? 밥도 잘 묵고요?

시인 달을 자주 못 봐서 그렇지, 다들 잘 있는 기색입디다.

할머니 (의자에 앉으며) 달을 바(봐)야 하는데… 그래야 임도 보고 뽕도 따고 아-들을 쑥쑥 놓(낳)지….

시인 아무리 달이라 해도 이 동피랑에서 보는 달만 할라구요. 모두 이 동피랑으로 이사 오라고 할까요?

할머니 좋제! 나도 봉이 김선달매이로 달 폴(팔)아서 떼돈 벌어 볼라요.

시인 핫하하. (의자에 앉으며) 용태, 여기 커피 두 잔.

용태 예. (주방으로 간다)

할머니 용태야, 오늘 커피 값은 나가 낸다. 시인 양반한테는 받지 말그(아)라.

시인 아닙니다. 오늘 커피 값은 제가 내겠습니다. 며칠 만나지 못한 벌 값을 해야지요.

할머니 그거야 서울 댕기(다녀)오느라꼬 그란 긴데….

시인 제가 내겠습니다.

할머니 아니, 나가 낸다 캐도! 이래 바(봐)도 나 돈 많소. 아들 자숙(식)이 달달이 용돈을 두둑히 준께….

시인 그러면… 내기를 하지요.

할머니 내기?

시인 시 외우셨습니까?

할머니 아, 서울 감서 에-(외우)라 카던 그거?

시인 예.

할머니 엔-다꼬(외운다고) 에 밨는데 잘 댈(될)란가 모르겠소.

시인 할머니가 외우면 오늘 커피 값은 할머니가 내시고 못 외우면 제가 내는 겁니다.

할머니 나가 에-야 나가 커피 값을 낸다꼬요? 몬(못) 에-몬(면) 내는 기 아이고?

시인 예.

할머니 하, 이거 우(어)째야 대(되)노…? (다소 부끄럼) 몬 한다꼬 숭(흉)보지 마이소.

시인 흉은 왜 봐요? 할머니 같은 분이 시를 좋아하고 외워 보려는 의욕에 가득 차 있으니까 저 같은 사람이 막 힘이 솟는다니까요!

할머니 (잠시 뜸을 들였다가) 에라, 모르겠다. 에- 보자.

눈을 감고 생각에 잠기는 할머니. 조금 입을 달싹이는 듯하다가 눈을 떠 시인을 한 번 돌아보곤 김춘수[4]의 '꽃'을 낭송하기 시작한다. 외우기에만 급급하여 운율은 무시된다. 할머니의 입에서 천천히… 약간 가라앉은 목소리의 시가 읊어져 나온다.

할머니 (주머니에서 꼬깃꼬깃 접힌 쪽지를 꺼내 잠깐 보곤) 내가 그… 이름을… 불러주기 전에는… 그는 다만… 하나에… (머뭇머뭇, 밭은기침 한 번) 몸… 몸… 몸짓에 지나지… 않았다 (잠시 사이) 내가 그… 이름을… 불러주었을 때… 그는… 나한테… 나한테… (시인을 흘끔 돌아보곤 혼잣말로) 나한테

가 아닌데….

시인　　(싱긋이 웃기만 한다)

할머니　맞다, 맞다!… 나에게로 아(와)서… 아(와)서… 꽃이 댔(됐)
다. (다음을 생각해 내느라 한참 머뭇거린다)

조명이 약간 어두워지면서 환상적인 분위기가 되면….

시인　　내가 그의 이름을 불러준 것처럼 나의 이 빛깔과 향기에
알맞은 누가 나의 이름을 불러다오 그에게로 가서 나도
그의 꽃이 되고 싶다.

할머니　우리… 우리… 우리들은 모다… 무엇이… 대(되)고… 대고
싶다.

무대 밝아지며 환상적인 분위기에서 실제 분위기로. 용태는 두
사람 앞에 커피 잔을 갖다 놓고 옆에서 시 낭송을 듣지만 마음이
쓰인다.

할머니　(다음 구절이 잘 떠오르지 않는다, 고개를 갸웃하곤 용태와 눈이 마주
친다)

용태　　(소리 안 나게 '너는'의 입 모양을 두 번 해 보인다)

할머니　(떠올랐다는 환한 표정) 너는 나한테… 나는 네한테….

시인　　(조용히) 너는 나에게 나는 너에게….

할머니　너는 나에게 나는 너에게… 잊아삐지 않는… (씩 웃곤) 잊

이… 대고 싶다. (안도의 숨)

용태 (박수) 할머니 최고다!

시인 불합격!

할머니 (팩) 와요?

시인 네는 나한테 나는 네한테….

할머니 (말을 가로채어) '너는 나에게… 나는 너에게'라꼬 고쳤지요. (탁자를 탕 치며) 합격!

시인 (탁자를 탕 치며) 불합격!

할머니 (탁자를 탕탕 치며) 합격! 합격!

시인 핫하하, 합격이라고 해 둡시다.

할머니 아이고, 어렵다 어려워. (주머니에서 돈을 꺼내 용태에게 주며) 커피 값 받아라.

용태 (돈을 받으며) 나 같으면 불합격이다.

할머니 마, 시끄럽다! 합격이다!

시인 잘 마시겠습니다. (커피를 마신다)

할머니 (두 손을 모으고 고개를 숙이며 뭐라고 들릴 듯 말 듯 중얼거린다)

시인 또 감사 인사 하십니까?

할머니 (커피를 마시곤) 시인 양반, 나가 이 나이에 까막눈 안 대(되)고 글을 읽을 수 있고 시를 엘– 수 있다는 기 얼매나 좋은 고 모릅니다. 이기 다 우리 아부지 어무이 덕이다 싶은께 감사 인사를 안 할 수 없십니다. 안 그렇습니까?

시인 예, 예, 옳은 말씀입니다.

할머니 그 엔(옛)날에 가수나라꼬 천대 않고 글을 깨치그로 해 놓은께 시인 양반매이로 고상한 분하고 커피도 같이 마시고 시도 에-고 안 합니까. 참, 재미있고요. 선생매이로 유맹(명)한 사람들이 아(와)서 글도 씨(쓰)고 그림도 그린께 이 동피랑이 얼매나 좋은고 모립니다. 그 전에는 술 처묵고 쌈하고 고함질러 쌓던 동네였는데 인자는 그런 것도 엄(없)고 깨끗해셨나 아입니까.

두 사람 커피를 마시고 용태는 주방으로 간다. 이때 주희가 밖에서 실내를 살펴보더니 안으로 들어온다. 고등학생의 교복 차림으로 발랄함이 느껴진다.

주희 (시인에게 인사한다) 선생님, 안녕하십니까?

시인 주희 양, 어서 와.

주희 (용태에게) 오빠, 잘 있었어?

용태 오랜만이다.

할머니 가수나가 이 시간에 엔(웬) 일고? 학교서 공부 안 하고.

주희 (뒤에서 할머니의 어깨에 손을 얹으며) 할머니, 오늘 토요일이다.

할머니 아, 그렇제… 그래도 학교 안 가나?

주희 할머니한테 할 이야기가 있어서 빨리 나왔어요.

할머니 나한테? 무슨 이약(이야기)고?

주희 (주위 사람들의 눈치를 살피는 듯)

할머니 아, 얼른 말해 바(봐)라.

주희	할머니, 집에 가자.
할머니	집에? 니그 집에?
주희	혼자 있지 말고 아파트로 가요.
할머니	(단번에) 싫다!
주희	할머니!
할머니	싫다 쿤께! 나는 이 동피랑을 안 떠난다!
주희	할머니가 가야 내가 가고 싶은 대학에 갈 수 있다니까.
할머니	그기 무슨 소리고?
주희	아빠하고 약속했어요. 할머니를 아파트로 모시고 가면 내가 가고 싶은 대학에 가도 좋다고 했어요. 안 그러면 꼭 판사 검사가 돼야 한다는데 난 그런 거 하기 싫어. 할머니, 나랑 같이 아파트로 가요. 응?
할머니	가만 있어바라. (잠깐 생각을 하곤) 그란께 나가 니그 집으로 들어가몬 니 애비가 네 가고 싶은 대학에 보내줄 끼고 안 그라몬 머(뭐)… 머… 머라꼬? 판사 검사? 이 가수나야, 니그 애비 말대로 게 가라. 나도 판사 검사 손녀 한 분(번) 보자!
주희	싫다니까!
할머니	그란께… 니그 애비가 나를 갖고 네캉(너와) 흥정을 하는구나. 그렇제?
시인	핫하하. 흥정이 아니라 손녀에게 할머니를 댁으로 모시고 오라는 특별 명령을 내린 거군요.
주희	엄마 아빠가 할머니 혼자 여기 있는 거 얼마나 걱정하는 줄 알아요? 할머니, 그만 가자니까.

할머니 안 간다! 가는 그날부터 아파트는 나한테 감옥 될 낀데 와 (왜) 간단 말이고? 감옥살이하기 싫다!

시인 학생은 어떤 공부를 하고 싶은데?

주희 앞으로… 소설을 쓰고 싶어요. 시도 써 보고 싶고.

시인 그래? 왜 하필 어려운 길을 택하려고 해? 판사 검사가 좋잖아. 공부하긴 힘들어도 일단 되기만 하면 사회적으로 대우받고 화려한 직업인데….

주희 인간이 인간을 판단하고 사람이 사람에게 벌주는 그런 직업은 싫어요.

시인 그럼…?

주희 뭣보다 창조적인 일을 하고 싶어요. 선생님처럼 가치 있는 일을 하고 싶어요. 우리 동피랑 벽화마을을 찾아오는 많은 사람들을 보면서 나도 뭔가 새로운 것을 만들어내는 일을 하고 싶다는 생각이 절실해졌어요. 선생님, 제 생각이 잘못일까요?

시인 그게 아니고… 힘들고 어려운 길을 왜 들어서려고 하느냐 그 말이지.

주희 (의지적으로) 힘들고 어려우니까 도전해 보고 싶어요. 가치 있는 일이라면 도전해 볼 만하다고 생각해요.

시인 (고개를 끄덕이곤) 할머니, 손녀가 아주 기특한 생각을 하고 있군요.

주희 (꾸벅 고개를 숙이며) 고맙습니다. 선생님께 앞으로 많은 지도를 받고 싶습니다.

할머니　　잔말 말고 네는 니 애비 시키는 대로 하고 나는 죽을 때꺼정 동피랑에 있는다. 알겠나?

주희　　(할머니 옆의 의자에 털썩 앉으며) 할머니!

할머니　　(잠시 생각하다가) 소설이라 카몬 그… 이바구 지아내는 거아이가? (시인을 가리키며) 이 선생님이 시 쓰드키(쓰듯이)… 소설… 맞다, 작년꺼정도 우리 동피랑에 소설 쓴다 쿠는 여자분이 있었다 아이가….

시인　　손녀를 생각하면 할머니가 아드님 댁으로 가서야 할 것 같습니다.

할머니　　(손사래를 치며) 함부레(로) 그런 말씀 마이소. 몬(못)난 영감쟁이한테 시집와서 팽생 고생함서 살아온 데를 와 떠납니까?

시인　　아드님이 설득해도 안 되니까 이젠 사랑스런 손녀를 앞세웠는데 그냥 뜻을 굽히시지요.

할머니　　나가 갈라꼬 했으몬 볼세(벌써) 갔지요. 이 사대육신 꼼지락거릴 때꺼정은 동피랑을 안 떠날 낍니다. 주희야, 가서니 애비한테 그리 일러라. (퍼뜩) 아이다, 아이다. 니 애비한테 전하(화)를 할란다. (핸드폰을 꺼내 번호를 누른다. 잠시 사이)아범이가? 나다. 나가 하는 소리 단디(단단히) 들어라. 나를 끄집아 내랄라꼬 주희를 꼬싰는 모양인데 어림도 엄따(없다). 하늘이 두 쪽 나도 나는 아파트로 안 간다. 그리 알고 주희도 지 공부하고 싶은 대학으로 보내 조라. 알겠제?… 와 대답이 엄노(없나)?

주희　　(어이없는 표정으로 할머니를 볼 뿐)….

암전. 다시 밝아지면 이젤 앞에 앉아 그림을 그리고 있는 용태. 잠시 사이. 책가방을 멘 주희 등장. 그림 작업에 열중해 있는 용태를 보곤 책가방을 탁자에 내려놓고 조심스럽게 다가간다. 용태의 어깨 너머로 그림을 한참 지켜본다. 그렇게 시간이 흐른다⋯ 용태가 그리기를 멈추고 잠시 생각하는 틈⋯.

주희   (소용히) 오빠.

용태   (돌아본다)

주희   방해 됐지?

용태   (일어나며) 괜찮다⋯ 오늘도 할머니 설득하러 왔구나?

주희   오빠 설득하러 왔다.

용태   나를? 주희가 날 설득할 일이 다 있나?

주희   오빠도 나랑 같이 서울 가.

용태   너랑 같이? (피식 웃을 뿐)⋯.

주희   나는 아빠가 아무리 반대해도 내가 하고 싶은 공부를 할 거야. 오빠도 미대를 가. 혼자서 이러지 말고 대학 진학을 해서 정식으로 미술 공부를 해. 그래야 빨리 성공할 수 있잖아.

용태   성공? 난 그림 그림서 성공이란 거 생각 안 해. 내 마음에 드는 일을 하고 싶을 뿐이다.

주희   빠른 길을 택해야지!

용태   느리게 가도 좋다. 성공이란 게 뭔데? 난 어릴 때부터 꿈 꿔온 화가의 길을 향해 쉼 없이 걸어갈 뿐이다. 내가 하는 일이 내 마음에 들 때, 그때 그것이 성공이라고 생각하고 싶다.

주희   (용태를 빤히 본다)

용태   비싼 학비 들여감서 미술 공부하고 싶은 생각은 벌써 접었어. 전혁림 선생님도 그렇게 했어. 나도 그렇게 할 거야. 그런 길을 가고 싶어.

주희   그분은 유명해지기 전까진 고생, 고생, 고생도 엄청 했다는데?

용태   글쎄다… 어떤 게 고생인지 난 아직 몰라. 단 내가 옳다고 생각하는 길을 가고 싶은 것뿐이니까.

주희   (의자에 앉으며 진지한 낯빛으로) 오빠, 나 좀 도와줄 수 없어?

용태   도와달라꼬? 느닷없이 그기 무슨 소리고?

주희   할머니 때문이다.

용태   할머니?

주희   할머니는 오빠를 손자로 생각하고 있어.

용태   그럴 리가….

주희   그만큼 오빠를 좋아하고 있다니까. 이웃에서 극진히 모셔주니까 그럴 수밖에 더 있어?

용태   내가 뭐 뾰족하게 해드리는 게 있어야지. 말벗이나 돼 드리고 힘에 부친 거 있으면 거들어 드리는 것밖에….

주희   할머니를 움직일 수 있는 사람은 오빠뿐이야. 오빠 때문에 할머니가 이 동피랑을 떠나지 않으려는 것도 있어. 오빠가 이 동피랑을 떠나면 할머니도 떠나게 돼.

용태　뭐라꼬? (주희를 가만 보다가 그만 웃어젖힌다)

주희　웃을 일이 아니야!

용태　(재미있다는 듯, 웃음이 잦아들면서도 계속 이어진다)

주희　할머닌 오빠가 없으면 이 동피랑에 재미를 붙이지 못할 거야. 오빠 때문에 활기를 갖고 더 애착을 느끼는 거라고 생각해. 오빠가 동피랑을 떠나면 할머니도 동피랑을 떠나게 될지도 몰라.

용태　(정색을 하곤) 설마, 그럴까…?

주희　(갑자기 용태의 팔짱을 끼며) 언젠가 할머니가 이런 말까지 했다. (그래 놓곤 용태의 표정을 살피더니) 무슨 말을 했는지 오빤 궁금하지 않아?

용태　무슨 말?

주희　그러니까… 내가 듣기엔… 언뜻 지나가는 말처럼….

용태　무슨 말인데 그래?

주희　오빠를… 손자사위 삼았으면 좋겠다나….

용태　뭐라고? (주희의 팔을 뿌리치고 떨어져 서며) 할머니도 주책이다! 노망이 들었는갑다!

주희　그만큼 오빠를 속속들이 알고 그래서… 더 없이 좋아하고 믿고 있다는 걸 그런 말로 표현한 거겠지. 그만큼 할머니를 움직일 수 있는 사람은 오빠뿐이다. 그러니까 오빠, 서울 가서 미술 공부 열심히 해서 유명 화가가 되어 이 동피랑으로 돌아오면 안 돼? 그런 꿈 가지면 안 돼? 그게 훨씬 오빠를 위하는 길이야. 나도 소설가로 인정받게 되면 이 동피랑으로 돌아올 거야. (힘차게 일어나며) 좋겠네! 이 동피랑에 타지에서 온 예술가가 아닌, 그야말로 동피랑 태생의 예술가들이 창작의 산실을 만들었다! 이건 확실히 빅뉴스감이 될 거야! 오빠, 우리 그런 원대한 꿈을 가지고 서울로 가자!

용태   더 큰 빅 뉴스감… 들려줄까?

주희   어떤 것?

용태   동피랑을 떠나지 않고 오직 동피랑에서만 혼자 힘으로 실력을 쌓은 유명 화가가 탄생했다! 어떻노, 더 큰 빅 뉴스?

주희   (용태를 쏘아보며) 용태 오빠!

이때 할머니 등장.

할머니   이 가수나가 또 왔구나!

주희   (도발적이다 싶게) 오빠, 할머니한테 커피 팔지 마!

할머니   (주희를 쏘아보며) 이 가수나가 미칬(쳤)나?

급히 어두워지고. 사이. 희미하게 조명이 들어오면 열심히 그림을 그리고 있는 용태의 모습이 보인다. 잠시 멈추곤 가만히 그림을 들여다보고 있다가 고개를 갸웃…, 자책과 실망의 표정인 용태. 다음 순간 그림을 찢어버림과 동시에 할머니 들어서면서 무대가 환하게 밝아진다.

할머니   (놀람) 와 그림을 찢아삐노(찢어버리나)? (바닥에 흩어진 그림 조
          각들을 주워서 보곤) 와 그라노?

용태   (대답 없이 허탈하게 고개만 숙일 뿐)

할머니   마음에 안 드나?… 그림이 시언(원)찮나?

용태   (일어서며) 할머니.

할머니   그래, 말해바라.

용태   그림…, 다른 사람한테 부탁하면 안 될까요?

할머니   다른 사람?

용태   여기 와 있는 화가 선생님한테 부탁해 보입시다. 제가 할
          머니에게 드릴 그림을 그린다는 게 좀 주제넘은 것 같
          고… 자신이 없기도 하고….

할머니   (단번에) 안 댄(된)다! 네가 그리라!

용태   같은 값이면 좋은 그림….

할머니   (말허리를 자르며) 잘 몬 그리도 좋다! 네가 그리라!

용태   안 좋은 그림을 그릴 수는 없지요….

할머니   잔말 말고 네가 그리라! 와 몬 그릴 끼고? 나는 용태 네한
          테서 그림 받고 싶다. 나하고 그리 약속 안 했나! 우리 집
          담배락에도 그리라! 알았나?

          침중하게 생각에 잠기는 용태. 용태를 이윽히 보는 할머니의 표
          정. 두 사람 사이에 잠시 침묵이 흐르고….

할머니   (이젤 앞의 의자에 앉으며 회상) 저 강구안[5]을 내리다 보고 있

으몬 엔(옛)날 생각이 막 나는 기라. 부산 여수로 오고 가는 객선들, 섬으로 가는 배들, 개기 잡은 어선들이 무시로 드나드는 강구안을 내리다 보고 있으몬 답답했던 가심(슴)이 학(확) 티(트)이더라. 그 맛에 그래도 이 까꼬막 동피랑에서 멫(몇) 십 년을 살아 안 았(왔)나. 강구안이 나를 이게다(여기 에다) 멫 십 년을 묶어 놓고 있는 셈인기라.

용태   주희 할아버지 생각이 많이 나시지요?

할머니   그 영감태기 소리 치아라! 개기 잡으로 같이 댕기자 캐도 말 안 듣고 장터서 장사하고 싶다 캐도 말 안 듣고 집에서 살림만 하라꼬 꽁꽁 묶어 놓고 자기 고집만 피운 영감태기가 머(뭐) 한다꼬 생각 날 끼고?

용태   그래도…?

할머니   잘 가뻤다! 나 혼자 이래 있은께 세상없이 좋거마는. 자고 싶으몬 자고 묵고 싶으몬 묵고 바람 쌔(쐬)고 싶으몬 바람 쌔고… 이게 아(와)서 커피 한 잔 마시고 용태 네하고 이약 (이야기)도 하고… 얼매나 좋노. 남자들은 나이 많아 갖꼬 혼자 살몬 적막강산이지만 여자가 나이 많아서 혼자 살몬 만고강산이라꼬 안 하나. 나 혼자 만고강산, 땡이다!

용태   (피식 웃는다)

할머니   그림 퍼뜩 그리라. 우리 집에 사진 가꾸(액자) 해 갖고 붙이 놀 끼고 담배락에도 그리 갖꼬 오는 사람 가는 사람 다 보그로(보게) 할 끼다.

용태   (퍼뜩 좋은 생각이 떠올랐다) 할머니, 그림 값은 어떻게 하지요?

할머니 그림 값? 가만있자… 네가 나한테 그림 값 받을라 카나? 나한테 준다꼬 약속 안 했나?

용태 (따지듯) 그냥 드린다는 말은 안 했지요. 커피 값도 받는데 생전 처음 드리는 그림을, 그것도 할머니 체면이 있는데 값을 안 받으면 됩니까? 그래야 나도 힘이 나서 그림을 잘 그리지요.

할머니 (용태를 멍하니 보다가) 알았다. 네가 주라 쿠는 내로 줄 낀세 그림이나 잘 그리라.

용태 (다른 의자를 당겨와서 할머니 앞에 앉으며) 그림 값은 돈으로 안 받을랍니다.

할머니 돈으로 안 받는다꼬?

용태 예. 그 대신 그림이 마음에 들면 주희 말을 들어 주이소.

할머니 주희 말을?

용태 예.

할머니 그라몬…?

용태 아파트로 가십시오. 그래야 주희도 자기 하고 싶은 공부를 할 수 있잖습니까. 그렇게 하십시오.

할머니 나 보고 이 동피랑을 떠나라꼬?

용태 영영 떠나는 거는 아니지요. 동피랑에 오고 싶으면 제가 언제든지 모시러 갈게요. 그땐 커피 값도 안 받습니다. 이 동피랑에 혼자 계시나 아파트에 가 계시나 마찬가지잖습니까,

할머니 눈만 뜨몬 저 강구안이 내다보이는데도?

용태	대신에 제가 그린 그림이 할머니 곁에 있을 테니까요.
할머니	이럼아가(이 아이가) 갑재(자)기 정신이 오락가락 하그로⋯.
용태	그렇게 해요. 나도 좋은 그림 그려 볼게요.
할머니	(생각에 잠기는데)

시인이 김상옥⁶의 '봉선화'를 낭송하면서 등장하면 무대는 어두워지며 환상적인 조명이 들어온다.

시인	비 오자 장독간에 봉선화 반만 벌어 해마다 피는 꽃을 나만 두고 볼 것인가 세세한 사연을 적어 누님께로 보내자
할머니	(시인을 따라 시를 낭송하는 입모습)⋯.
시인	누님이 편지 보며 하마 울까 웃으실까 눈앞에 삼삼이는 고향 집을 그리시고 손톱에 꽃물들이던 그날 생각 하시리

환상적인 조명이 아웃 되고 다시 밝아지는 무대⋯.

할머니	양지에 마주 앉아⋯ (떠듬떠듬) 실로⋯ 실로⋯ 찬찬히 매아⋯ 주던⋯ 하얀⋯ 손⋯ 하얀 손⋯. (막힌다)
시인	(할머니를 쳐다보며 미소를 띤다)
용태	가락 가락이⋯.
할머니	(책망) 가만 있거라!⋯ 가락 가락이⋯. (또 막힌다)
시인	(살그머니) 연붉은⋯.
할머니	⋯ 연붉은 그 손톱은⋯ 손톱은⋯ (고개를 갸웃)⋯.

시인   지금은 꿈속에 보듯 힘줄만이 서누나.

할머니   (어리둥절, 화가 났다) 시인 양반!

시인   불합격! (의자에 앉아 돈을 꺼내 놓으며) 용태 총각, 여기 커피 값.

할머니   나가 할라 쿠는데 와 앞질라삐요(앞질러버려요)?

시인   (놀리듯) 할머니, 오늘은 불합격입니다.

할머니   (토라져서 팽) 나, 커피 안 마실라요!

시인   핫하하….

시인의 웃음이 한바탕 터지면서 무대 어두워졌다가 밝아지면 용태가 주방 일을 마치고 돌아서는데 평상복 차림의 주희가 들어온다.

주희   오빠 이거. (하며 봉지를 내민다)

용태   뭔데?

주희   오다가 꿀빵 하나 샀어. 꿀빵 가게마다 사람들이 줄을 서 있더라. 나도 줄 서서 꿀빵 사 보긴 처음이다.

용태   학생이 무슨 돈이 있다고 이런 걸 사 오노?

주희   이래도 나 용돈 많이 받는다. 할머니도 주시거든.

용태   할머니가?

주희   가수나 가수나 하면서도 왔다 갈 때는 꼭꼭 챙겨서 주신다.

용태   과연 손녀가 귀엽긴 귀여운 모양이다.

주희   할머니 그림 다 돼 가?

용태	아직 멀었어.
주희	(이젤 앞으로 가서 그림을 보곤) 밑그림 단계인가 보네.
용태	(주희 옆으로 다가가며) 어떻게 구도를 잡아야 할지 아직 확신이 서지 않았어.
주희	(그림을 보며 잠시 뭔가를 생각하는 얼굴)
용태	여기 동피랑에서 보는 강구안 그림이 마음에 드실는지 모르겠어. 할머니 일생에 오직 한 점뿐인 그림일 거라 여겨져서 괜찮은 그림을 그려야겠다 싶으니까 자꾸 자신이 없어지기만 해….
주희	(그림을 보며) 오빠….
용태	…?
주희	이야기 하나 해 줄까?
용태	무슨…?
주희	(의자에 앉으며) 할머니가 이런 이야기를 해 준 적이 있어. 어릴 때 나를 무릎 위에 앉혀놓고 해 준 이야긴데…, 할아버지가 고기 잡으러 바다로 나가셨다가 돌아올 때쯤 되면 이랬다는 거야. 지금쯤… 영운리[7] 앞바다를 오겠구나, 좀 지나 공주섬[8] 가까이… 왔겠구나, 이젠… 강구안을 향해 막 들어서고 있겠다, 하고 강구안을 내려다보면 할아버지 고깃배가 보인다는 거야. 그런데…. (말을 멈춘다)
용태	(기다리다가) 그런데?
주희	강구안엔 이제까지 환히 보이던 다른 배들은 하나도 안 보이고 오직 할아버지 고깃배만 보였다는 거 있지. 자그

32

만 어선이지만 만선을 하고 당당히 강구안 중앙시장을 향해 들어서는 할아버지 고깃배만이 할머니 눈에 보였다는 거야.

용태　할아버지 배만?

주희　오직… 오직 할아버지 배만 할머니 눈에 들어왔다는 거야.

용태　(그 광경을 그려보는 듯)…?

주희　그 말을 할 때 할머니 눈이 어땠는지 알아?

용태　…?

주희　반짝반짝 빛나고 있었다, 강구안을 내려다보면서… 어린 내 눈에 꼭 밤하늘 별이 반짝반짝 빛을 내는 것 같았어.

용태　(가만히 고개를 끄덕이다가 뭔가 생각하는)….

주희　그 이야기를 들려주던 할머니의 그때 그 모습이 지금도 생생히 떠오른다….

용태　(눈빛이)…!

천천히 암전됐다가 이젤 앞에 앉아 그림을 그리는 용태에게 스포트라이트 한동안… 다시 전체 무대가 환하게 밝아지면 충무김밥 봉지를 든 할머니가 들어온다.

할머니　용태야, 점심 뭇나(먹었나)?

용태　(그림만 그릴 뿐)

할머니　(더 큰 소리로) 점심 뭇나?

용태　(역시)….

할머니 (김밥 봉지를 탁자에 놓고 가까이 다가가며) 야(얘)가 와 말이 없
　　　　노? 점심 못나 안 못나?

용태 (흘긋 돌아보곤) 아, 예….

할머니 점심 못나?

용태 아직….

할머니 그라몬 댔(됐)다. 나하고 같이 묵자. 김밥 좀 사 았(왔)다. (탁
　　　　자 앞에 앉아 김밥 봉지를 풀면서) 시장에서 니그 아부지하고
　　　　어무이 만났다. 도다리쑥국 한 그륵(릇) 하자 쿠는데 둘이
　　　　서 잡수라 쿠고 고만… 김밥을 사 았다.

용태 (할머니 맞은편에 앉는다)

할머니 니그 아부지는 가만있는데 니그 어무이가…, 남자는 말
　　　　엄서(없어)도 속 타고 여자는 말을 해도 속이 타고…, 부모
　　　　마음은 다 그런 기라.

용태 대학 학비 안 들어서 좋잖습니까?

할머니 돈 안 든다꼬 지금은 좋을지 몰라도 나중에는….

용태 나중에도 좋도록 해야지요.

할머니 그래, 용태 네는 소자(효자)다! 묵자.

　　　　뱃고동 소리 들려오고. 두 사람, 김밥을 먹는다. 골목을 오르내리
　　　　는 관광객들의 소리 간헐적으로 들려오고. 잠시 후 시인 등장.

시인 이거 때맞춰 잘 왔군요. 저도 한자리 끼워 주십시오.

할머니 시인 양반, 점심 안 했습니까?

시인 예. (냉큼 김밥을 집어 들며) 도다리쑥국 한 그릇 할까 하고 나
오던 참이에요.

할머니 도다리쑥국은 나중에 드시고 김밥이나 잡사(쉬) 보이소. 나
가 넉넉히 사았은께.

용태 드시지요. (의자를 밀어준다)

시인 (앉아서 같이 먹게 된다)

세 사람, 같이 김밥을 먹지만 먹는 속도가 각각 다르다. 할머니는
천천히 씹느라고 느리고, 용태는 배가 고팠던지 김밥을 집어 먹
는 속도가 빠르고, 시인은 앉았긴 앉았는데 체면 때문인지 다른
두 사람을 보아가며 먹는 둥 마는 둥 하는 그런 자리가 된다.

할머니 시인 양반은 도다리쑥국 생각이 나서 김밥이 입에 안 맞
는 모양이지예?

시인 아, 아닙니다. (얼른 김밥을 집어 입에 넣는다)

할머니 도다리쑥국 잡수러 가이소. 어서 가서 잡숫고 커피는 같
이 드입시다. 오늘은 나가 시 에-삐고 커피 값은 시인 양
반이 내이소.

시인 (잠시 머뭇하다가) 할머니….

할머니 …?

시인 … 제가 동피랑을 떠나게 됐습니다.

할머니 아(예)?

시인 … 내일 아침에 서울로 갑니다.

용태　　벌써 그렇게 됐습니까?

시인　　머무를 기한이 다 되다 보니까 헤어지게 됐습니다. 세월
　　　　이 참 빠르긴 빠르군요.

할머니　(괜히 화가 나기라도 하듯 언성이 높다) 가지 마소!

시인　　(아연) …!

할머니　나가 가지 마라 카몬 가지 마소! (눈에 눈물이 돌 듯)

시인　　(그만 웃음이 터져 나온다)

할머니　와 웃소?

시인　　미안하게 됐습니다….

할머니　나 죽기 전에 시를 많이 엘-라 카고 있는데 시인 양반이
　　　　떠나삐몬 나는 우짜란(어쩌란) 말입니까?

시인　　시 외우십시오. 지금처럼 계속해서 외우십시오.

할머니　검사는 누가 할 끼요?

시인　　검사? 제가 와서 하면 되지요.

할머니　(눈을 흘기며) 하이고, 말 같은 소리를 하이소! 서울이 요서
　　　　(여기서) 오(어)데라꼬!

시인　　자주 오지요. 이 좋은 곳에 자주 와야지요.

할머니　(팽) 오지 마소!

시인　　핫하하… 참, 이러면 되겠네. 용태 총각이 그때그때 검사
　　　　하고 일 년에 몇 번씩 제가 와서 검사하면 되겠네요.

할머니　(빙긋 웃으며) 그래 줄라요?

시인　　예!

용태　　선생님, 시 많이 쓰셨지요?

시인 이번에 서울 가면 통영을 소재로 한 시들만 묶어서 시집을 낼까 해.

할머니 하이고! 그리 마이(많이) 썼십니까? 그 시집 나한테 보내줄 수 있지요?

시인 그럼요! 보내 드리고 말구요!

할머니 꼭 보내 주이소! 그 시, 나가 다 엘- 끼요!

시인 검사해도 좋습니까?

할머니 (자신 있다는 투로) 예! 검사해 보이소! 꼭 하이소!

시인 핫하하, 어쨌든 고맙습니다.

용태 저도 외우겠습니다.

시인 용태 총각.

용태 예.

시인 그럼 공부 열심히 하게. 각오가 단단한 만큼 노력도 많이 해서 좋은 화가가 되도록 해.

용태 예. 열심히 하겠습니다.

시인 원래 독학하는 사람은 남보다 월등히 뛰어난 재능이 있어야 한다네. 타고난 재능이 없으면 안 돼. 그런데 자넨 내가 볼 땐 재능을 가지고 있는 것 같아. 그래서 더더욱 정규코스를 밟아야 하지 않나 하는 아쉬움이 없진 않지만 자네의 결의가 그렇다 보니까 나도 멀리서 관심을 가지고 지켜보기로 할게. 창작력을 높이기 위해 뭣보다 책을 많이 보고 견문도 널리 쌓도록 해.

용태 예, 알겠습니다.

시인   근대 조각의 기틀을 마련한 로댕은 국립미술학교 입학에 세 번이나 낙방했지만 그것이 오히려 아카데미즘에서 탈피하여 평생 독자적인 길을 걷는 밑거름이 되기도 했대. 예술 작업은 남이 알아주든 안 알아주든 종전의 낡은 사고방식에서 과감히 벗어나 평생 고난을 짊어지고 새로움에 도전하는 창의적인 정신으로 밀고 나가는 것이라 생각하고 그 고난을 차츰차츰 무너뜨려야겠다는 초지일관의 뚝심으로 밀고 나가면 언젠가는 좋은 결과가 있을 거야.

용태   선생님 말씀 명심하겠습니다.

할머니   용태 아(얘)는 머(뭐)를 해도 성공할 낍니다.

시인   그래야지요.

할머니   시인 양반, 오늘 나… 시 검사해 보이소.

할머니가 일어선다. 다른 때와는 다르게 자신감 있게 유치환[9]의 '행복'을 낭송하기 시작한다.

할머니   행복 (잠시 뜸을 들였다가) 사랑하는 것은… 사랑을… 받는 것보다….

시인   받느니보다.

할머니   하 참, 받느니보다 행복하나… 니라… 오늘도 나는… (머뭇, 시인을 한 번 쳐다보곤) 용태야, 그 담(다음)이 뭐꼬?

용태   나도 모르겠습니다….

시인이 시를 낭송하면 무대는 환상적인 조명으로 바뀐다.

시인 에메랄드 빛 하늘이 환히 내다뵈는 우체국 창문 앞에 와
서 너에게 편지를 쓴다 행길을 향한 문으로 숱한 사람들
이 제각기 한 가지씩 생각에 족한 얼굴로 와선 총총히 우
표를 사고 전보지를 받고 먼 고향으로 또는 그리운 사람
에게로 슬프고 즐겁고 다정한 사연들을 보내나니 세상의
고달픈 바람결에 시달리고 나부끼어 더욱더 의지 삼고 피
어 헝클어진 인정의 꽃밭에서 너와 나의 애틋한 연분도
한 방울 연련한 진홍빛 양귀비꽃인지도 모른다.

환상적인 조명이 나가고 무대가 밝아지면 할머니의 시 낭송이 이
어진다.

할머니 사랑하는 것은… 사랑을… 받는 것보다….
시인 받느니보다….
할머니 받느니보다… 행복하나… 니라… 오늘도 나는… 네한
테… (고개 갸웃) … 너에게 편지를… 쓰나니….
용태 그리운 이여, 그러면 안녕! 설령 이것이 이 세상 마지막
인사가 될지라도 사랑하였으므로
세 사람 (함께) 나는 진정 행복하였네라
할머니 (의자에 앉으며) 아이고, 어렵다 어렵아. 시가 너머(무) 질
(길)어서 몬 에-겠다 쿤께. 시인 양반, 너무 진 시는 쓰

지 마소!

시인 핫하하. 할머니, 검사 결과는 다음에 발표합니다.

할머니 불합격인께 시인 양반이 커피 값 내이소.

시인 불합격이라고는 하지 않았어요. 제가 다음에 올 때까지 외우셔야 됩니다.

할머니 그라몬 오늘 커피 값은…?

용태 좋습니다! 제가 쏘겠습니다!

급히 암전. 잠시 사이. 그림을 그리고 있는 용태에게 스포트라이트. 그림이 거의 마무리 된 것 같다. 마지막 붓칠을 하곤 유심히 그림을 들여다보며 검토를 하는 모습인데 무대가 밝아짐과 동시에 할머니 등장.

할머니 나 시장 가는데 머(뭐) 사올 거 엄나?

용태 (붓을 놓고 일어서며) 다녀오이소.

할머니 엄다꼬?

용태 없습니다. 있으면 제가 퍼뜩 가서 사 오지요.

할머니 그림은 다 그렀나?… 보자. (이젤 앞으로 간다)

용태 다 됐습니다.

할머니 다 그렀다꼬? (그림을 찬찬히 보곤) 이기 뭐꼬?… 섬들 아이가?

용태 예.

할머니 섬 뒤쪽에 있는 조그만 거… 이거는 배제?

용태 할아버지 배를 그렸습니다.

할머니	배 우(위)에… 조그맣그로(조그맣게) 그리논(그려놓은) 이거는… 사람 같은데… 누고?
용태	주희 할아버집니다.
할머니	(반대편쯤을 가리키며) 요게(여기)는 오데고?
용태	강구안.
할머니	(그림을 유심히 보다가) 아-를 보듬고 있는 이 사람은?
용태	낭연히 주희를 보듬고 있는 할머니지요.
할머니	(그림을 더 가까이 보며) 이 아-가 주희란 말이가?
용태	예.
할머니	그라몬… 나는 동피랑에서 주희를 안고… 강구안을 봄서(보면서)… 영감태기를 지(기)다리고 있단 말이가?
용태	그림 제목을… 기다림이라고 할까요…?
할머니	(고개를 끄덕이며) 그렇구나….
용태	… 할머니 마음에 드십니까?
할머니	(그림을 또 한참 살펴본다)
용태	…? (할머니의 표정을 살피게 된다)
할머니	… 잘 그린 것 같다!… 좋다!
용태	나중에 안 좋다고 버리지 마이소.
할머니	뭐라 쿠노? 절대 안 삔다(내버린다)!
용태	그럼, 그림 값 주이소.
할머니	그림값?… 얼마고?
용태	(할머니를 빤히 보며) 할머니.
할머니	(용태를 마주 보다가) 알았다. 요 그림 아파트로 갖고 갈 낀께

우리 집 담배락에도 요거하고 똑 같은 그림 그리나(놔)야 댄(된)다. 알겠나?

용태 예.

할머니 그라몬 우리 주희… 지가 가고 싶은 대학 갈 수 있겠제?

용태 그렇겠지요.

할머니 나가 아파트 백(벽) 속에 갇히 살아도 요 그림 끼고 맨날 봄서 살 끼고 우리 주희는 제 하고 싶은 공부 하고…, 그라 몬 댔(됐)다! (조용히 부른다) 용태야.

용태 예, 할머니.

할머니 백하(벽화)라꼬 했제? 우리 집 담배락에 요 그림이 다 되는 날… 나는 영감태기 보로(러) 갈 끼다….

용태 예?

할머니 요 그림에도 그리 안 대(돼) 있나? 섬들을 가운데 두고 한 쪽에는 영감태기가 탄 배 다른 쪽에는 나…. 그때는 나가 영감태기를 지다렀지만(기다렸지만) 지금은 그 영감태기가 나가 올 끼라꼬 눈이 빠지그로(빠지게) 지다리고 있을 끼다. 담배락 그림이 보고 싶다….

용태 (단호히) 벽화는 안 그릴랍니다.

할머니 와?

용태 주희 할아버지가 이리로 오시면 모를까….

할머니 저 세상 가삔 사람이 우찌 올 끼고? 나가 가야제.

용태 그런 그림 안 그립니다!

할머니 알았다, 알았다. 영감태기 보고 이리로 오라꼬 할께. 그란데 나보다 예쁜(쁜) 여자 만나서 살고 있으몬 올라꼬 하겠나? (다시 그림을 찬찬히 보다가) 용태 네가 그린 그림을 본께 참 좋다! 기분이 조옿다! 엔날 생각이 막 나서 너무 좋다! 춤이라도 추고 싶은 마음이다. 나, 춤 한 분(번) 추고 싶다. 그림이 나 마음에 쏘옥 들어서 춤이 절로 나올라 칸다.

천천히 움직이는 힐머니의 빌걸음에 따라 어깨춤이 나온다. 전체적인 율동이 처음에는 작았다가 점점 진폭이 커지면서 "좋다! 좋다!" 소리를 연발하며 실내를 돈다. 얼마쯤 돌았을까, 할머니가 갑자기 휘청하더니 쓰러지는데 주희(평상복 차림)가 들어서다가 놀란다.

주희   할머니!

용태   (같이) 할머니!

용태와 주희가 할머니에게 다급히 뛰어드는데 빠르게 암전. 곧이어 구급차의 사이렌 소리가 높아졌다가 멀어진 후 잠시 어두운 무대. 다시 밝아지면 용태가 주방에서 일을 하고 있다. 잠시 사이. 주희 등장. 옷과 차림새에서 종전과는 다르게 한층 세련되고 성숙해 보이는 아가씨로 변모되었다.

주희   용태 오빠.

용태   (맞이하며) 오랜만이구나.

주희	오빠한테 인사하러 왔어.
용태	참, 내일 모레가 입학이제? 입학 준비하느라고 매우 바빴겠다. 기숙사 들어간다고 했제?
주희	응. 오빠, 열심히 그림 그려. 좋은 전시회 있으면 연락할 테니까 꼭 서울 와야 돼.
용태	알았어. 할머닌 좀 어떻나?
주희	겨우 일어나시긴 해. 정신은 말짱해.
용태	내가 할머니 그림을 그리지 말았어야 했는데… 그랬으면 아무 탈 없이 지내실 건데….
주희	아니야. 할머닌 벽에 걸린 오빠 그림을 볼 때면 눈빛이 반짝반짝 해. 그러면서 오빠가 벽화를 다 그리는 날이 언제일지 자꾸 묻고 있는데….
용태	(굳은 표정으로) 나… 벽화 안 그리고 싶다.
주희	왜?
용태	벽화가 완성되는 날… 할머니가 할아버지 만나러 가시겠다는 말 때문에… 그리고 싶은 생각이 없다. 꼭 그 말대로 될 것 같은 예감이라고 할까…, 자꾸 불길한 생각이 들어.
주희	그렇다고 꼭 그렇게 되나? 에잇, 오빠는 괜한 생각하고 있다.
용태	그린다 해도 천천히… 몇 년이 걸리더라도 천천히 그리고 싶다….
주희	빨리 그려. 그래야 오빠가 그린 벽화를 많은 사람들이 와서 볼 수 있잖아. 이 동피랑에서는 그야말로 스토리가 있

는 유일한 그림이 될 거야!

용태　할머니가 떠나가시는데도?

주희　걱정 마. 할머닌 오래오래 사실 거야.

용태　물론 그래야겠지.

주희　벽화가 완성되면 연락해. 부리나케 달려올게.

용태　(대답이 선뜻 나오지 않는다)

주희　할머니의 소원이잖아. 할머닌 그 벽화를 보기 위해 쑥 걸어서 이 동피랑에 올라오실 거야. 내가 모시고 올게.

용태　(미묘한 심정으로 맥없이) 알았어….

주희　(격려의 눈빛을 보내며 힘주어) 오빠, 꼭이야!

용태　알았다….

주희　그럼… 나, 간다.

주희가 돌아서 나가려는데 용태의 폰 벨소리.

용태　(보곤) 할머니 전화다.

할머니　(소리) 용태야.

용태　예. 할머니 몸은 좀 어떠세요?

할머니　(소리) … 좋아지고 있다. 나가 빨리… 걸어서 동피랑으로… 가야 할 낀데… 밥은 잘 챙기(챙겨) 묵고… 커피도 많이 팔고… 있나?

용태　예, 그럭저럭 잘 돼 가고 있습니다. 날이 따뜻해지니까 동피랑에 손님들이 많이 옵니다.

할머니　(소리) 용태 네가⋯ 해 주는 커피⋯ 마시고 싶어서⋯ 나 속이 영⋯ 시언(원)찮다⋯.

용태　제가 시간 봐서 커피 끓여 갈까요?

할머니　(소리) 아이다, 아이다. 그랄(럴) 필요⋯ 없고⋯ 우리 집 담배락⋯ 그림은⋯ 다 대(돼) 가나?

용태　⋯.

할머니　(소리) 용태야.

용태　⋯ 예, 할머니.

할머니　(소리) 와 대답이 없노? 아즉도⋯ 멀었나?

용태　할머니, 저⋯.

할머니　(소리, 애절하게) 나하고⋯ 약속 안 했나⋯ 빨리 그리라. 나 살아 생전에 그 그림⋯ 보고 싶다. 나가 눈 감고 나서⋯ 그리 놓으몬⋯ 무슨 소용이⋯ 있노? 빨리 그리라⋯ 보고 싶다. 보고 싶어서⋯ 꿈에도 네 그림이⋯ 다 나타난다.

주희　(폰을 가로채어) 할머니, 내가 용태 오빠한테 단단히 부탁해 놨다. 전화 끊어요.

할머니　(소리) 저놈의 가수나가⋯.

주희　(폰을 돌려주며) 오빠. 할머니하고 한 약속 빨리 지켜! 나도 보고 싶다!

용태　⋯ 알았다.

주희가 손을 내밀자 용태가 피식 웃고⋯ 두 사람, 손가락을 걸며 약속 사인이 오간다.

용태	미래의 소설가님, 공부 열심히 해.
주희	미래의 유명 화가님, 부지런히 그림 그리세요. (나가려다가 돌아서서) 오빠. 할머니가 하시던 말 있지…, 그 말….
용태	무슨 말?
주희	왜, 있잖아? 오빠가 할머니 주책이다 노망들었다, 그렇게 한 말 있잖아?
용태	(주희의 얼굴만 멀뚱히 보면서) …?
주희	서울 가서 곰곰이 생각해 보기로 했어. 오빠도 잘 생각해 봐. 그래서 나중에 서로 답 주고받기! 알았지?
용태	주희야….
주희	간다. (돌아서는데)
용태	(급히 주희의 앞을 막아서며) 주희야.
주희	…?
용태	너는 잘 돼야 하고 또 응당 그렇게 되겠지만… 내가 화가로 우뚝… 섰을 때 그때….
주희	(용태의 눈을 마주 보며 잠시 말이 없다가) 알았어. (얼른 용태를 안아보고 후딱 나간다)

용태, 뒤따라 나가 주희를 배웅(작별 인사)하는데 암전되었다가 잠시 후 무대 한쪽(오른쪽 높은 곳이면 더욱 좋을 듯)에서 벽화를 그리는 용태의 모습이 희미하게 드러난다. 열심히 그림을 그리고 있다. 드디어 한 부분 마무리를 하고 붓을 놓는다. 일어서서 그림 전체를 살펴보다가 다시 몇 군데 붓칠을 한다. 이런 작업이 한동

안 계속되는 가운데 전화벨 소리에 이어 주희와 할머니의 통화.

주희   (소리) 할머니.

할머니   (소리) 아이고… 이 가수나야, 잘 있나?

주희   (소리) 할머니 건강이 어떤지 이 손자가 걱정이다.

할머니   (소리) 가수나야…, 나(나이) 많은 할망구가… 그리 빨리… 일어나는가… 제꾸리(겨우) 잡고… 일어나기는 한다… 뭐 할라꼬 전화했노? 밥은… 잘 묵고 다니나?

주희   (소리) 용태 오빠가 벽화를 다 그렸대.

할머니   (소리) 그래? 그럼아(그애)가… 애 많이 썼겠구나. 얼른 가서… 바(봐)야겠다.

주희   (소리) 할머니, 내가 내려갈 테니까 기다려. 내가 모시고 갈게요.

할머니   (소리) 가수나야, 오지 말아라. 니그 애비하고… 같이 가서… 보몬 댄(된)다.

주희   (소리) 나도 보고 싶단 말야! 오늘 내려갈게요.

무대 어두워졌다가 다시 밝아지면 할머니가 앉아있는 휠체어를 용태가 밀며 그림(벽화) 앞에 나타난다. 그 옆으로 주희가 다가선다.

할머니   용태야. (벽화를 유심히 보고는) 좋다…. 집에 있는 그림하고… 똑같이 그리 났(놨)구나… 잘 그렸다… 우리 집 담배

| 락에… 그리 놓은께… 더 보기 좋고… 재미있는 그림이…
| 댄 것 같다….

용태 할머니 마음에 드십니까?

할머니 들고말고! 대낮에… 햇빛 아래서 본께… 그림이 훤하고…
그림이 커놓은께… 속이 확 티(틔)면서… 시원하이 보기
좋다… 사람들이 막 아(와)서… 보고 가졌다. 사진도… 많
이 찍어 가졌나… 용내야.

용태 예, 할머니.

할머니 이 그림을 본께… 용태 니는 그림 갖꼬… 성공할 끼다…
유맹한 사람이… 될 끼다. 저 봉숫골… 전혁림이… 그 영
감쟁이매로… 이름이 날 끼다… 나가 저승 가서도… 그
리 되그로(되게)… 빌어줄게.

용태 할머니!

주희 (책망하듯) 할머니! 그런 말 하려고 벽화 보러 왔나?

할머니 그래, 알았다… 알았다. 이 할미가 주책이제…?

주희 (용태의 손을 잡으며) 오빠, 수고 많았어.

용태 수고는 무슨… 뭣보다 주희의 도움말이 큰 힘이 됐어. 한
번 완성한 그림을 규모가 크다 뿐이지 그대로 그리는 것
이라서 편하게 작업할 수 있었어.

주희 할머니. 이제 할머니 소원 풀었지요?

할머니 그래, 풀었다. 용태야, 나… 일으켜… 세워 바라. 서서… 서
서… 그림 한 분(번)… 볼란다….

주희 할머니, 그만 앉아있어라.

할머니   어서… 용태야, 어서….

할머니의 재촉에 용태가 할머니를 안아서 일으켜 세우는데 갑자기 온몸의 힘이 빠지면서 용태에게 안기듯 쓰러지는 할머니.

용태   할머니!
주희   할머니!
할머니   (용태의 가슴에 파묻히듯 안겨 맥없는 소리) 용… 태… 야…, 주… 희… 야….

급히 암전. 한동안 정적… 이윽고 무대 밝아지면 용태는 주방에서 일을 하고 있고 손님 1·2는 자리에 앉아 커피를 마시며 환담하고 있다.

손님1   (커피를 한 모금 마시고) 이 동피랑에서 마시는 커피가 제일 맛있는 것 같다. 음…, 사방이 확 트인 경치 때문에 그럴까…, 아니면 저 아래 항구에서 올라오는 짭조름한 바다 내음이 섞여서 그럴까…. (다시 커피 음미)
손님2   (커피를 맛보곤) 작년 가을에 왔을 때보다 커피 맛이 더 고급스러워진 것 같아.
손님1   그래? 벌써 몇 달이 지났는데 그 맛이 비교가 돼?
손님2   오빠. 나 이래 봬도 미각의 천재야. 곳곳마다 다양한 맛을 한 번 맛봤다 하면 다 기억하고 있다고.

손님1	저… 청년 화가님, 커피 맛이 정말 좋습니다. 자주 와야겠는데요.
용태	(일을 계속하며) 고맙습니다. 자주 오십시오. 더욱더 좋은 커피를 드리기 위해 노력하겠습니다.
손님1	(다시 커피를 마시곤) 그림 작업도 잘 돼 가지요?
용태	예, 열심히 한다고 합니다만….
손님2	(커피를 마시고 일어나며) 오빠, 도다리쑥국 먹으러 가자. (시를 낭송하듯) '봄에 살이 통통하게 오른 도다리와 추위를 뚫고 갓 돋아난 쑥이 만나면 바로 도다리쑥국이 된다. 제철의 왕중왕인 도다리와 새색시처럼 여리면서도 강한 생명력을 지닌 약쑥이 어우러져 상큼한 봄 바다의 향기를 내뿜으니 어찌 그 맛이 일품이 아니 되겠는가.'
손님1	언제 그걸 외웠어?
손님2	도다리쑥국 먹고 싶어서 지난겨울 내내 외웠지요.
손님1	핫하하. (일어서며) 가자. 커피 잘 마셨습니다.
용태	(배웅하며) 안녕히 가십시오.

손님 1·2 나가고, 용태가 돌아서는데 시인이 가방을 들고 등장.

시인	용태 총각.
용태	(돌아보곤 반갑게) 선생님!
시인	잘 있었어?
용태	(꾸벅 인사를 하며) 선생님, 그동안 안녕하셨습니까?

시인   (실내를 잠깐 일별하곤 한쪽에 세워놓은 용태의 그림들을 쭉 훑어보곤) 그림 작업을 열심히 한 것 같군. (의자에 앉아) 열심히 하면 언젠가는 좋은 결과를 거두겠지. 예술 작업이란 조급히 그 성과를 기대하지 말고 차근차근 돌탑 쌓듯 연마해 나가면 길을 잃어버렸다가 찾기도 하고 흐름이 막혔다가 굽이돌아 나가면 어느덧 강에 닿고 큰 바다에 이를 날이 다가올 수 있겠지.

용태   명심하겠습니다.

시인   오랜만에 용태 총각의 커피 맛 좀 보자고.

용태   예. (주방으로 가는데)

시인   참, 할머니는 좀 어떠시나? 할머니가 편찮으시다는 말은 들었지만 시집을 출판하고 곧바로 외국 몇 군데 다녀오느라고…, 지금은 좀 어떠신가?

용태   (얼른 대답을 못 하고) ….

시인   아드님 댁에 가 계신다던데…, 뵙고 싶군.

용태   선생님….

시인   (용태를 가만히 본다) …?

용태   … 돌아가셨습니다.

시인   뭐라고?… 돌아가셨어?

용태   예….

시인   (침울하게) 그랬었구나…. 그 사이에….

용태   (문득 울음이 솟듯) 제가 벽화를 그리지 말았어야 했는데…, 그림을 그리지 말았어야 했는데…, 그만 그렇게 됐습니다…. 제 탓인지도 모르겠습니다.

시인   (벌떡 일어서며) 아니야! 아니야! 당신의 운명이었어! 누구의
탓도 아니야!

용태   제 그림이 아니었으면 더 오래 사실 분이었습니다. 결국
제가 할머니를 돌아가시게 했습니다.

시인   (묵념하듯 잠시 눈을 감았다가) 맑은 영혼을 지니신 한 분이 이
농피랑을 떠나셨구나…. 한동안 농피랑이 텅 비어 있겠
군…. 많은 연세에도 불구하고 아주 늦게 그야말로 드물
게 시를 가까이 하시던 한 분이 떠나가 버린 이 동피랑에
서…, 내가 드리려고 하던 시집을 이제 누구에게 드려야
할까…. 용태 총각.

용태   예….

시인   내 시들을 읽어줄 가장 귀한 분이 가셨으니… 서툴지만
시를 외우고 테스트 받고…, 외우면 할머니가 커피 값 내
고 못 외우면 내가 커피 값 내는… 장난스럽기도 하지만
그 값있었던 시간들을 어디 가서 찾지…? 동피랑이 터엉
비었어…. (가방에서 시집을 꺼내 한 곳을 펼쳐들고 읽는다)

할머니의 시낭송

'구름에 달 가듯이'[10]가 아니라
구름 뒤에 가려서
아니, 구름 뒤에 숨었다가 숨어 있다가

수줍은 얼굴로 살포시 내다보는…
할머니의 시낭송은 그래서 답답하다
그것이 매력이다

영감님의 얼굴만 기억해 온
그 기억의 힘이 시의 바닥을 훑고 훑어서
한 줄 한 줄 더듬어 가는 가락이
답답함은 아니다

동피랑 비탈길을 쉬엄쉬엄 걸어올라
고개 들어 보름달 보듯
평생의 가쁜 숨결이
시의 행간에서 떠듬떠듬
곱고 맑은 환희로 다가오는 것이다

"와 이리 어렵노?
평생 동피랑에서 살아온 것보다 더 어렵다 큰께!"
삶의 고비를 반추하며
시의 밭을 헤쳐 가는 그 걸음새가
… 미쁘기만 하다!

– 막 –

※ 각주 내용 및 참고사항

1) ' ' 안의 글 : 강기재 수필 『도다리쑥국』에서 인용
2) 봉숫골 : 통영시 봉평동 미륵산 기슭을 가리키는 말로 〈전혁림미술관〉이 있음
3) 전혁림 : 부산과 마산 등지에서도 활동했으나 주로 고향인 통영에서 전업 작가로 활동한 서양화가(1916~2010), '색채의 마술사'라고 칭해지고 있음
4) 김춘수 : 통영 출신의 시인
5) 강구안 : 통영항의 내항(內港)을 가리키는 말
6) 김상옥 : 통영 출신의 시인·시조시인
7) 영운리 : 통영시 산양읍에 있는 바닷가 마을
8) 공주섬 : 통영항 어귀에 있는 아주 조그마한 섬(무인도)
9) 유치환 : 통영 출신의 시인
10) 구름에 달 가듯이 : 박목월의 시 '나그네'에서 인용

'동피랑 벽화마을'에 대하여

- 동피랑은 통영의 대표적인 어시장인 중앙시장 뒤쪽 언덕으로 동쪽 벼랑이란 뜻인데, 구불구불한 오르막 골목길을 따라 강구안이 한눈에 내려다보이는 동피랑 마을에 오르면 담벼락마다 그려진 형형색색의 벽화가 눈길을 끈다. 조선 시대에 이순신 장군이 설치한 통제영(統制營)의 동포루(東鋪樓)가 있던 자리로, 통영시는 낙후된 마을을 철거하여 동포루를 복원하고 주변에 공원을 조성할 계획이었는데, 2007년 10월 '푸른통영21'이라는 시민단체가 공공미술의 기치를 들고 '동피랑색칠하기-전국벽화공모전'을 열어 전국의 미술대학 재학생과 개인 등 18개 팀이 낡은 담벼락에 벽화를 그렸다. 이후 동피랑 마을에 대한 입소문이 나기 시작하면서 사람들이 몰

려들기 시작하고 마을을 보존하자는 여론이 형성되자 통영시는 동포루 복원에 필요한 마을 꼭대기의 집 3채만을 헐고 마을 철거 방침을 철회하였다. 철거 대상이었던 동네는 벽화로 인하여 관광객들의 발길이 끊이지 않는 통영의 새로운 명소로 변모하였다. 〈어느 지인이 보낸 메일에서 인용〉

- 재개발 지역이 문화공간으로 탈바꿈된 '동피랑'은 동쪽에 있는 비랑, 즉 비탈의 지역 사투리다. 통영시 정량동, 태평동 일대의 산비탈 마을로 서민들의 오랜 삶터이자 저소득층 주민들이 지금도 살고 있으며 언덕마을에서 바라보는 해안 도시 특유의 아름다운 정경을 가지고 있는 곳이다. 이 지역은 재개발 계획이 수 차례 진행, 변경 및 수정되어 왔는데 지방의제 추진기구인 '푸른통영21'(시민단체) 위원들은 현지를 답사, 이 지역을 일괄 철거하기보다는 지역의 역사와 서민들의 삶이 녹아있는 독특한 골목 문화로 재조명해 보자는 데 의견을 모으게 된다. 이에 푸른통영21, 행정(통영시, 행안부), 교육계(충무중학교, 인평초등학교, 통영교육청), 경상대학교 해양과학대학, 지역 내 자생문화지킴이인 '드러머팀' 마을주민자치위원회가 한자리에 모여 머리를 맞대고 함께 만들어낸 협력과 소통의 장으로 동피랑 사업을 추진하게 된다. 문화와 삶이 어우러지는 마을 만들기를 통해 예향 통영을 체감할 수 있는 장소로 가꾸어 공공미술을 통한 통영의 명물로 만들고자 그림이 있는 골목, 역사와 문화가 살아있는 골목으로 커뮤니티 디자인(Community Design) 개념을 추가하여 벽화뿐 아니라 천천히 걸어다니면서 느끼는 볼거리와 휴식을 추구하는 슬로우 시티(Slow City), 슬로우 라이프(Slow Life)를 지향하는 통영의 또 하나의 명물로 재구성한 곳이다. 〈동피랑 홈페이지에서〉

한국 희곡 명작선 84

동피랑

초판 1쇄 인쇄일   2021년 11월 25일
초판 1쇄 발행일   2021년 11월 30일

지 은 이   강수성
만 든 이   이정옥
만 든 곳   평민사
　　　　　서울시 은평구 수색로 340 〈202호〉
　　　　　전화 : 02) 375-8571 / 팩스 : 02) 375-8573
　　　　　http://blog.naver.com/pyung1976
　　　　　이메일 pyung1976@naver.com
등록번호   25100-2015-000102호
ISBN　　 978-89-7115-798-5 04800
　　　　　978-89-7115-663-6 (set)
정 　 가   7,000원

이 책은 사단법인 한국극작가협회가 한국문화예술위원회의 2021년 제4회 극작엑스포
지원금을 받아 출간하였습니다.